ANGE-MARIE

ÉRIC STALNER • AUDE ETTORI

AIRE LIBRE
DUPUIS

AIRE LIBRE

DANS LA MÊME COLLECTION

BAILLY - LAPIÈRE
Agadamgorodok

BARU
L'enragé (tome 1)

BAUDOIN
Le chant des baleines

BAUDOIN - WAGNER
Les yeux dans le mur

BERTHET
Halona

BERTHET - TOME
Sur la route de Selma

BLAIN
Le réducteur de vitesse

BLUTCH
Vitesse moderne

BOILET - PEETERS
Demi-tour

CLARKE - LAPIÈRE
Luna Almaden

CONRAD
Le piège malais (édition intégrale)

COSEY
Le voyage en Italie (édition intégrale)
Orchidea
Saigon-Hanoi
Joyeux Noël, May !
Zeke raconte des histoires
Une maison de Frank L. Wright

DAVID B.
La lecture des ruines

DE CRÉCY
Prosopopus

DETHOREY - AUTHEMAN - BERGFELDER
Le passage de Vénus (tomes 1 et 2)

DETHOREY - LE TENDRE
L'oiseau noir

ÉRIC STALNER - AUDE ETTORI
Ange-Marie

ÉTIENNE DAVODEAU
Chute de vélo

FRANK - BONIFAY
Zoo (tomes 1 et 2)

GIBRAT
Le sursis (tomes 1 et 2)
Le vol du corbeau (tomes 1 et 2)

GILLON
La veuve blanche

GILLON - LAPIÈRE
La dernière des salles obscures (tomes 1 et 2)

GRIFFO - DUFAUX
Monsieur Noir (édition intégrale)

GRIFFO - VAN HAMME
S. O. S. Bonheur (édition intégrale)

GUIBERT - DAVID B.
Le Capitaine Écarlate

GUIBERT - LEFÈVRE - LEMERCIER
Le photographe (tomes 1 et 2)

HAUSMAN
Les chasseurs de l'aube

HAUSMAN - DUBOIS
Laïyna (édition intégrale)

HAUSMAN - YANN
Les trois cheveux blancs
Le prince des écureuils

HERMANN
Missié Vandisandi
Sarajevo-Tango
On a tué Wild Bill

HERMANN - VAN HAMME
Lune de guerre

HERMANN - YVES H.
Zhong Guo

JEAN-C. DENIS
Quelques mois à L'Amélie
La beauté à domicile

LAX
L'aigle sans orteils

LAX - GIROUD
Les oubliés d'Annam (édition intégrale)
La fille aux ibis
Azrayen' (édition intégrale)

LEBEAULT - FILIPPI
Le croquemitaine (tome 1)

LEPAGE
Muchacho (tome 1)

LEPAGE - SIBRAN
La Terre sans Mal

MAKYO
Le cœur en Islande (tomes 1 et 2)

MARDON
Corps à corps

MARVANO - HALDEMAN
La guerre éternelle (édition intégrale)

PELLEJERO - LAPIÈRE
Un peu de fumée bleue...
Le tour de valse

SERVAIS
Lova (édition intégrale)
Fanchon
Déesse blanche, déesse noire (tomes 1 et 2)
L'assassin qui parle aux oiseaux (tome 1)

STASSEN
Louis le Portugais
Thérèse
Déogratias
Les enfants

STASSEN - LAPIÈRE
Le bar du vieux Français (édition intégrale)

TRONCHET
Houppeland (édition intégrale)

TRONCHET - SIBRAN
Là-bas

WILL - DESBERG
La 27e lettre

AIRE LIBRE
www.airelibre.dupuis.com

Conception graphique de la collection : Didier Gonord.

Dépôt légal : mai 2005 — D.2005/0089/134
ISBN 2-8001-3710-X — ISSN 0774-5702
© Dupuis, 2005.
Tous droits réservés.
Imprimé en Belgique par Lesaffre.

www.dupuis.com

— ET SI ON S'FAIT PRENDRE ?
— ÇA N'RISQUE PAS... PUIS, HYACINTHE NE DIRAIT RIEN...

— ÇA DOIT ÊTRE DRÔLEMENT BIEN D'PLUS AVOIR DE PARENTS !
— IDIOT !!

— D'TOUTE FAÇON, MON PÈRE Y DIT QU'VU CE QUE J'APPRENDS À L'ÉCOLE, J'PEUX AUTANT ÊTRE DEHORS !...

Je ne saurais dire combien longs ont été les semaines, les mois ou les années qui ont suivi la guerre. À cette époque, bien peu comptaient pour moi la mesure du temps, l'actualité ou même la vie des gens. J'étais un vagabond, une bête blessée fuyant l'humanité, sans pour autant jamais vraiment s'en détacher... Et sans doute, mes errances pas plus que ma folie n'auraient trouvé leur cure, sans quelques bons esprits qui me portèrent secours...

— N'EMPÊCHE, Y A INTÉRÊT QUE TU NOUS AIES PAS FAIT VENIR POUR RIEN, PARCE QUE...
— PARCE QUE QUOI, D'ABORD ? PUISQUE J'TE DIS QU'IL Y EST... BOUGE-TOI, PAULIN !!
— HAHAHA ! IL A PEUR DE S'ACCROCHER LES ROUSTONS !
— LUCE !...
— JOSEPH !...
— ATTENDEZ-MOI, LES GARS !

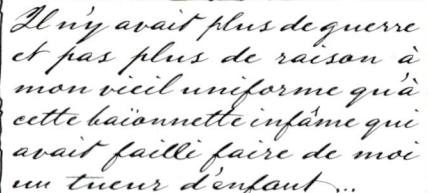

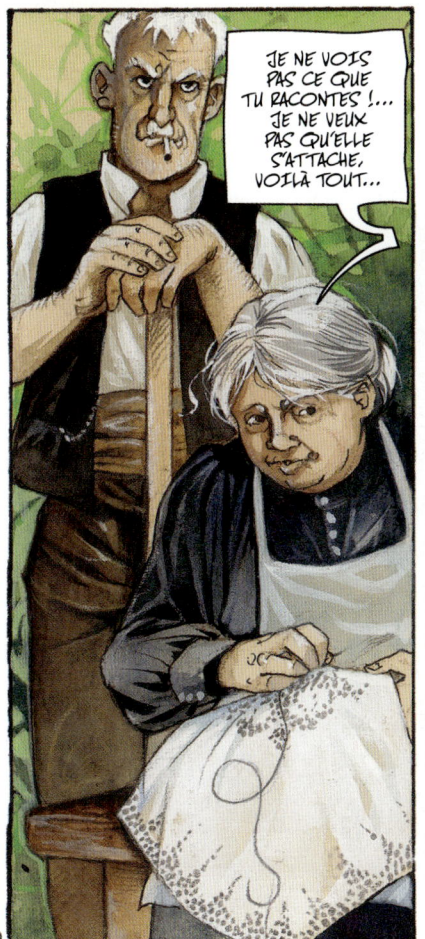

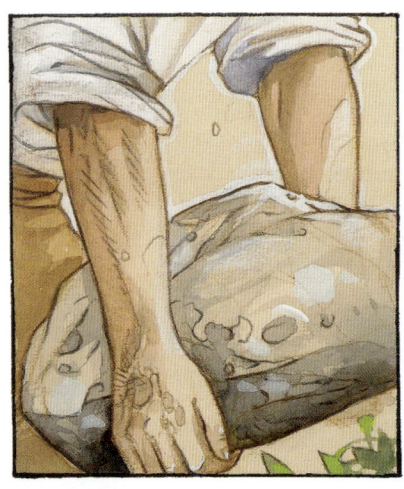

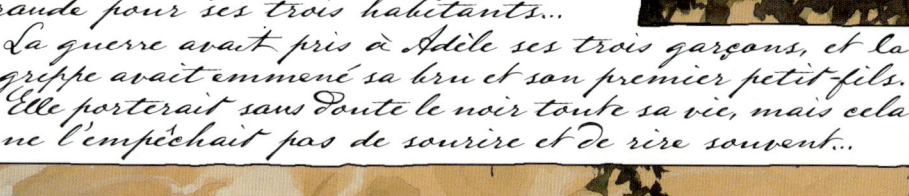

C'était une grande bastide aux murs chauffés par le soleil. Une maison magnifique, bien que sans doute trop grande pour ses trois habitants... La guerre avait pris à Adèle ses trois garçons, et la grippe avait emmené sa bru et son premier petit-fils. Elle porterait sans doute le noir toute sa vie, mais cela ne l'empêchait pas de sourire et de rire souvent...

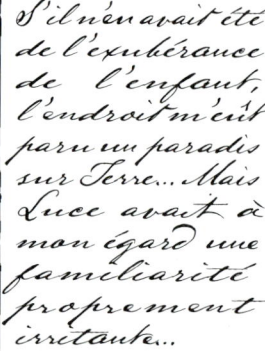

S'il n'en avait été de l'exubérance de l'enfant, l'endroit m'eût paru un paradis sur Terre... Mais Luce avait à mon égard une familiarité proprement irritante...

ANGE-MARIE !!

LUCE...

TU ES EN **RETARD** !! ON T'ATTENDAIT PLUS TÔT ! LA JOURNÉE A-T-ELLE ÉTÉ BONNE ? LES TRAVAUX AVANCENT BIEN ?

HUM...

TU VAS VOIR : AUJOURD'HUI J'AI AIDÉ AU DÎNER ! ET PUIS NOUS AVONS FAIT DES CONFITURES AVEC GRAND-MÈRE ! TU AIMES LES CONFITURES ?

PFFFFF... OUI, SANS DOUTE... POURQUOI NON ?...

HA... HEU JE VOIS... TU ES FATIGUÉ, C'EST ÇA ?... ON DEVRAIT PEUT-ÊTRE ALLER À TABLE... MON ONCLE N'AIME PAS TROP ATTENDRE, TU SAIS...

C'EST ENCORE LOIN ?
JE NE VOUDRAIS PAS Y
PASSER LA JOURNÉE !

NON, NON, C'EST PAR LÀ, **ON EST PRESQUE ARRIVÉS** !

TU VAS VOIR COMME C'EST BEAU ! C'EST UN **VRAI CHÂTEAU** !

Y EN A BEAUCOUP QUI DISENT QU'ILS Y ONT VU DES FLAMMES ET D'AUTRES QU'ILS ONT ENTENDU DES HURLEMENTS DE BÊTE, ALORS, PERSONNE VIENT PLUS...

ILS DISENT QUE C'EST **MAUDIT** !

ILS ONT PEUR QUE LE **DIABLE**, IL LES PRENNE COMME IL A PRIS LA **BELLE**... MAIS MOI JE SAIS QUE C'EST PAS VRAI...

LA BELLE... ?

OUI, **LA BELLE** ! GRAND-MÈRE DIT QUE C'ÉTAIT LA PLUS BELLE FEMME DU VILLAGE. MAIS C'ÉTAIT QUAND ELLE ÉTAIT JEUNE ! C'ÉTAIT UNE DAME TELLEMENT JOLIE QUE DANS TOUTE LA RÉGION TOUS LES HOMMES VOULAIENT L'ÉPOUSER...

ICI, ON DIT QUE C'EST LE **DIABLE** QUI A BRÛLÉ LA MAISON POUR PUNIR L'ORGUEIL DE SON PROPRIÉTAIRE.

J'ESPÈRE QUE JE SERAI COMME ÇA MOI AUSSI...

PARCE QUE **TOI** TU TE PRÉOCCUPES DE CE GENRE DE CHOSES ?

BEN OUI, ÉVIDEMMENT !

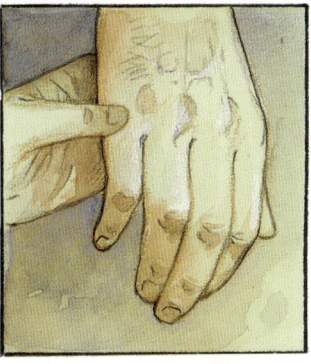

Docile, j'avais suivi l'enfant. Je m'en étais retourné à la grande bastide. J'avais retrouvé ma chambre et ma place au souper. Comme si de rien n'était...

L'insistance de Luce ou celle de Louis avait bien eu raison de mes envies de fuite... Et quand bien même : là j'étais plus utile que n'importe où ailleurs.

HYACINTHE ANGE-MARIE !

Les heures s'étaient faites longues à l'approche de l'hiver... Les murs de la bastide résonnaient de leurs propres regrets, de leurs propres chagrins qui pleuraient sur les murs près des photos jaunies...

De mieux en mieux, si ça continue, on finira par se geler les fesses ici tous les jours !...

Non mais, j'vois pas ce qu'il lui trouve à son vieux cinglé...

Je fuyais encore...

Je n'avais pour le vieil homme d'autre nom que "monsieur Grégoire" et je ne connaissais de lui que le récit coloré que m'en avait fait Luce...

PLUS AMPLE LE TRAIT, PLUS SOUPLE... LE MOUVEMENT DOIT VENIR DU CORPS, PAS JUSTE DU POIGNET...

CE SONT TES ÉMOTIONS QUI DOIVENT S'EXPRIMER SUR LE PAPIER, PAS TES PENSÉES !...

C'EST INUTILE ! JE N'Y ARRIVE PAS !

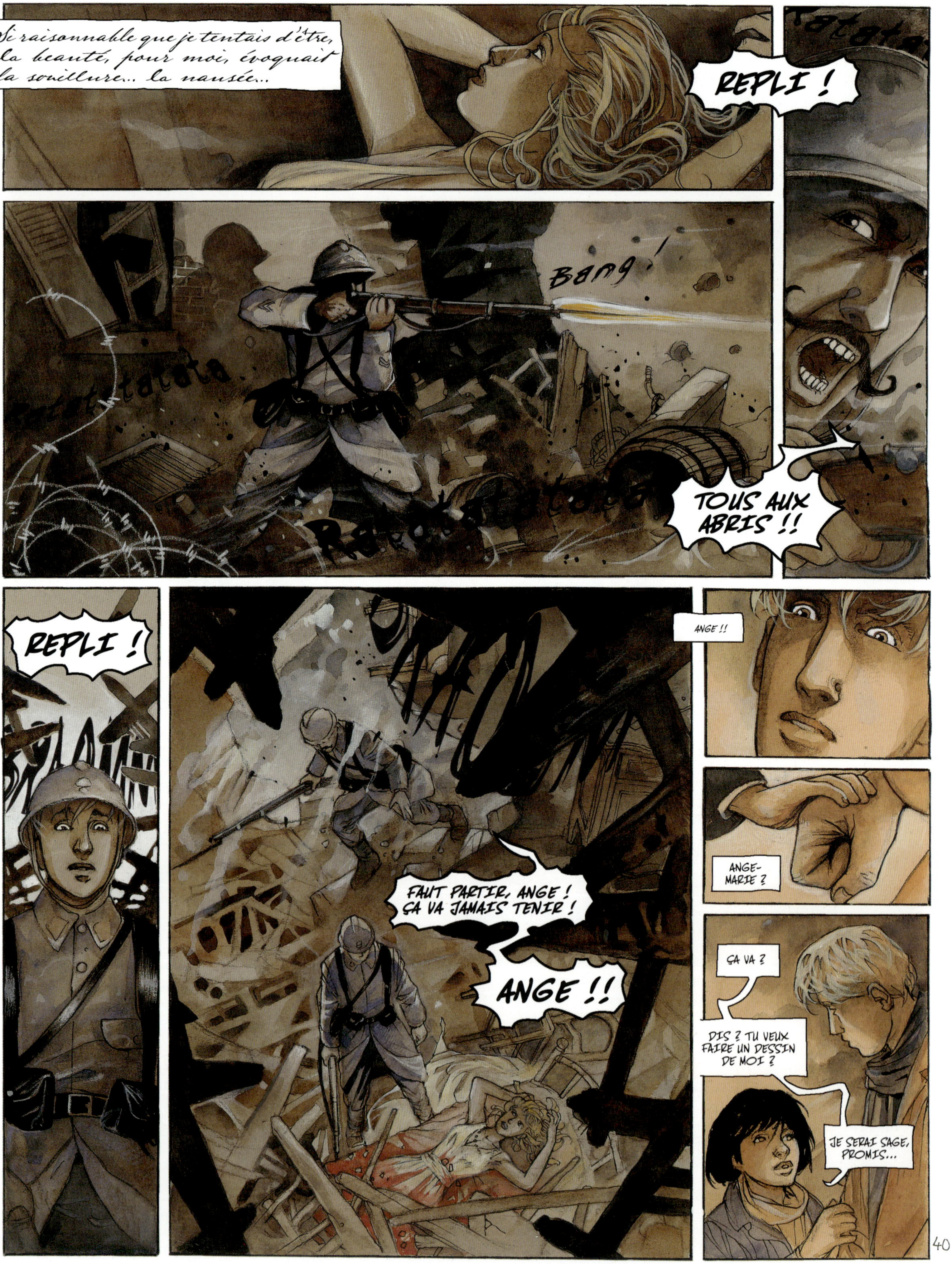

Cependant la pauvreté peut être criminelle. Elle n'avait aucun bien... et personne n'épouse la fille d'un serviteur...

Il n'y avait rien ici, pour elle, autre que jalousie et misère, alors elle est partie...

Ce jour-là pour la première fois, Hyacinthe a affronté mon père... Mais c'est elle qu'il n'a pas pu convaincre... Elle avait fait son choix...

Elle est revenue deux ans plus tard, avec son prince de la ville... Radieuse, triomphante. Elle avait dépassé notre médiocrité à tous... Mais sans rancune, elle venait partager un peu de son bonheur...

Quelle erreur ! Leur richesse, leur générosité, c'était autant d'offenses à la face de tous les envieux. Personne ne leur pardonnait d'être à ce point heureux...

Puis il y eut ce feu, ce terrible accident... et toutes nos mauvaises langues trouvèrent enfin vengeance dans un odieux blasphème...

« Le diable avait repris tout ce qu'il avait donné, à ces gens trop chanceux... Ils étaient forcément coupables... »

Moi, je suis revenue là près de trente ans plus tard, à la mort de ton grand-père. Grégoire était devenu ce malheureux reclus que tu as rencontré. Une âme en peine, à jamais égarée, dans les ruines de son infortune... Quant à Hyacinthe, tu sais autant que moi qu'il n'a jamais pris femme... Il n'a jamais jugé Grégoire pour ce qui est arrivé. Mais, il ne lui a jamais pardonné non plus d'avoir ravi ce cœur qu'il n'avait pas su prendre...

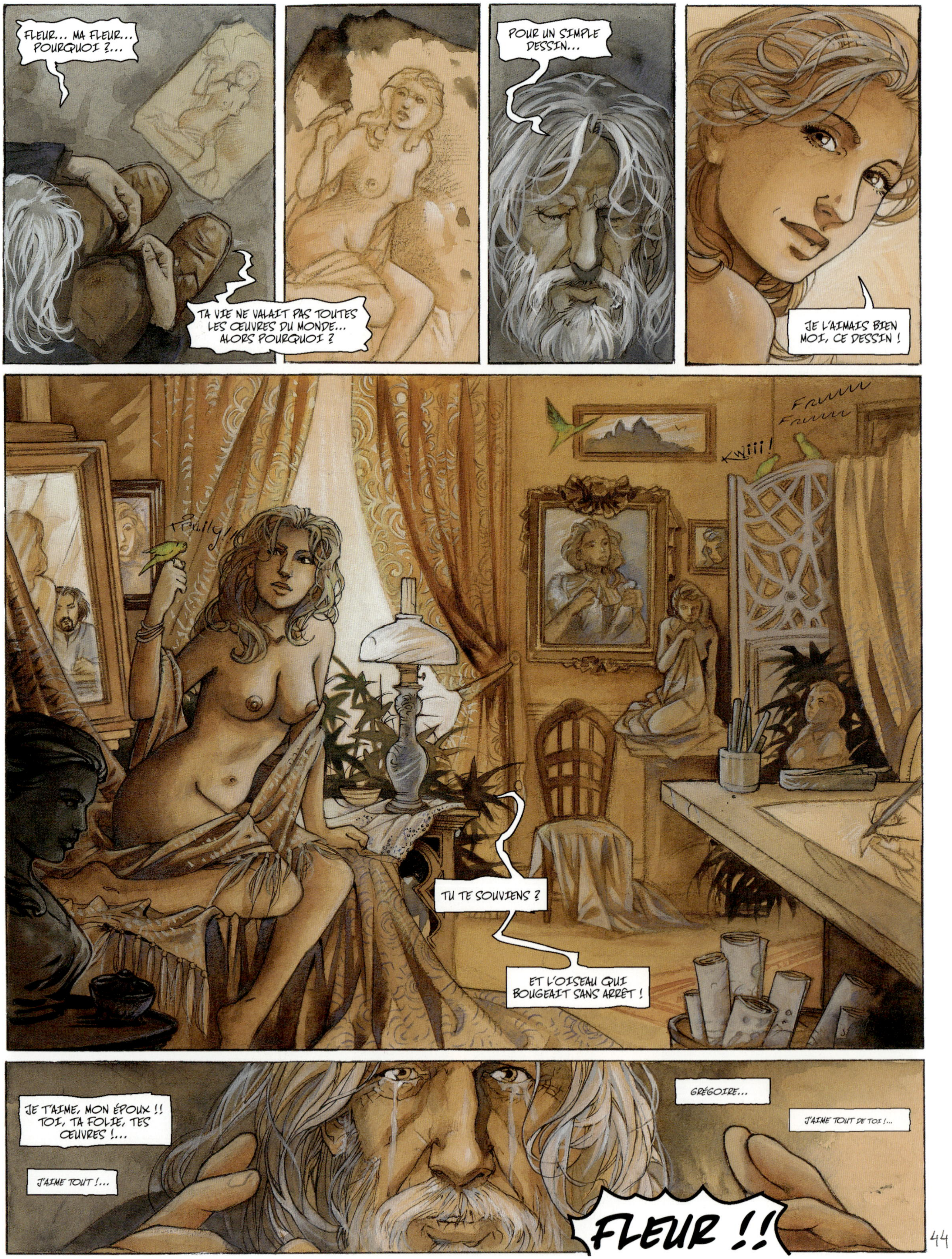

Le papier, l'argile, puis doucement la pierre... Et les années passèrent sans que je ne m'en rende compte...

J'étais resté étranger au village, à ses passions, à ses drames. Seuls m'étaient devenus familiers les outils et les gestes de ce nouveau métier. J'apprenais...

Twek

Twek!

À peine plus haut, le bras, s'il te plaît...

Krak !

?!

UN VOYEUR !

IL Y A QUELQU'UN DEHORS ! J'SUIS SÛRE QU'J'AI VU QUELQU'UN !!

N'RESTEZ PAS LÀ, VOYONS ! ATTRAPEZ-LE !

IL N'Y A PERSONNE, LUCE... TU TE FAIS DES IDÉES !

OUI ! C'EST SANS DOUTE JUSTE UN ANIMAL. JE COMPRENDS QU'IL NE SOIT PAS TRÈS AISÉ POUR UNE JEUNE FILLE DE POSER NUE, MAIS PERSONNE NE VIENT JAMAIS PAR ICI, RASSURE-TOI !

Je ne saurais expliquer à quel point tout était devenu confus, compliqué. Du jour au lendemain, tout était devenu prétexte à querelle ou à chamaillerie.

Les mots vains firent place au silence... A l'absence...

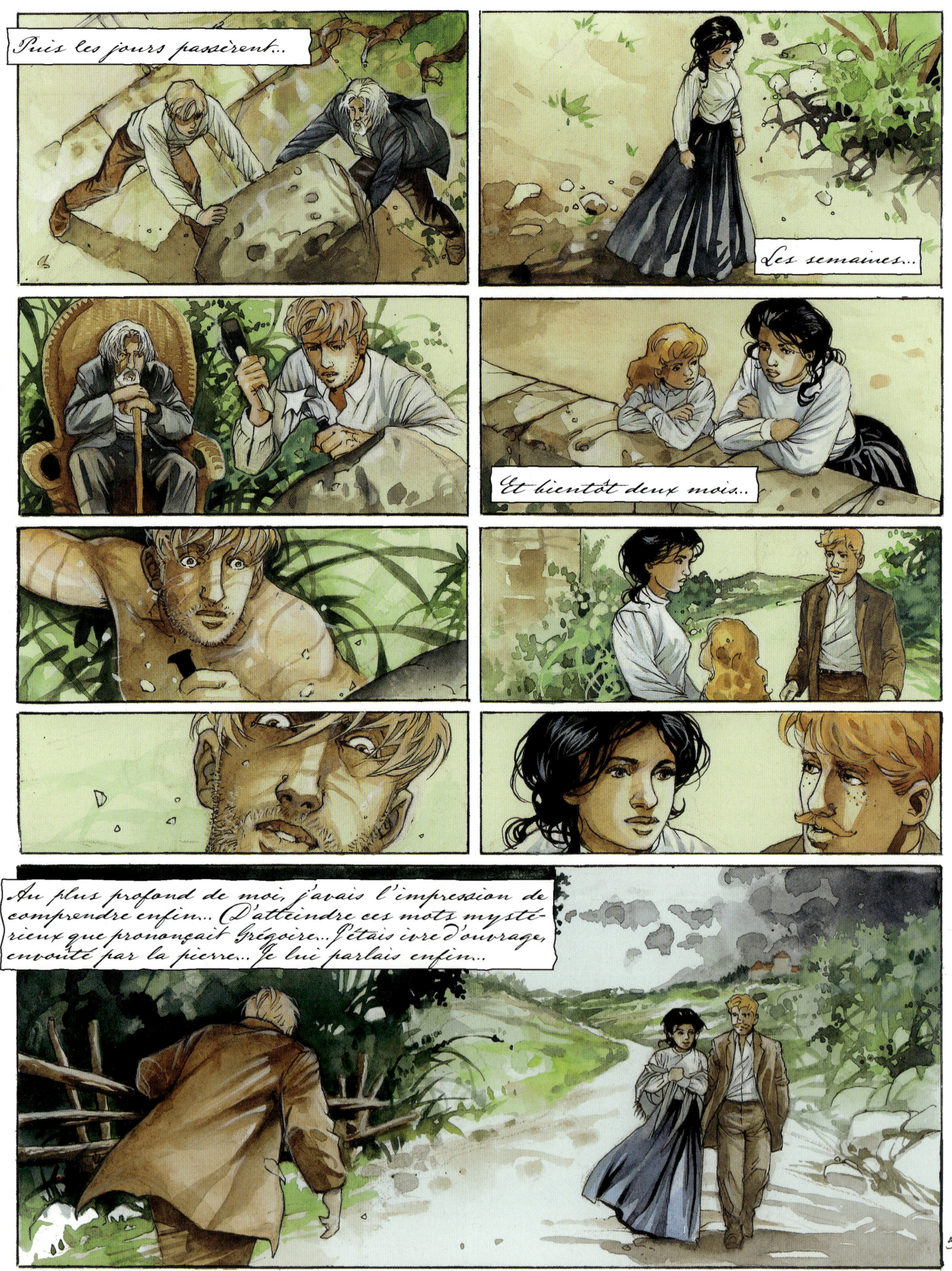

ET SOUVIENS-TOI QU'IL NE DOIT PAS ÊTRE PLUS DUR DE FAIRE BATTRE LE CŒUR D'UNE FEMME QUE CELUI D'UNE STATUE !

Grégoire était mort...
Comme par miracle, les oiseaux s'étaient envolés. Envolé avec eux, le sortilège des ruines du Château et la triste impression que jamais la lumière n'en réchaufferait la pierre. Plus tard, je me souviendrais du sourire et de l'air paisible sur le visage de mon vieux maître, dans son dernier sommeil... Plus tard... Mais ce jour-là ne me laissa ni le temps de pleurer le vieil homme, ni même celui de retenir Louis, qui après tant d'années, avait enfin choisi de reprendre sa liberté...

Car enfin, enfin, je comprenais. S'il était un seul être que je ne pouvais perdre, c'était elle. Je devais retenir Luce !

S'il était encore temps...

LUCE !

ANGE-MARIE ?

JE...

VA-T'EN !

ELLE A DIT OUI, TU COMPRENDS ? C'EST TROP TARD !

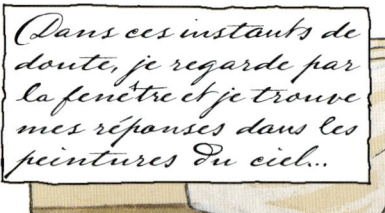
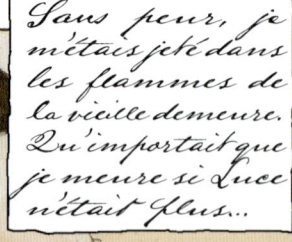

Dans ces instants de doute, je regarde par la fenêtre et je trouve mes réponses dans les peintures du ciel...

Sans peur, je m'étais jeté dans les flammes de la vieille demeure. Qu'importait que je meure si Luce n'était plus...

Mais alors que je m'égarais dans la fournaise, je ne retrouvai pas seulement Louis, mais aussi Petit Paul, Jacquot et Cul de bœuf... mes compagnons sans tombe... Et sans reproche, ils me montraient la voie...

Enfin je sus saisir cette main qui m'avait échappé et depuis, quelles que soient les tempêtes qu'elle puisse m'amener, je ne l'ai jamais lâchée...

Voilà, Luce jugea bon de me faire attendre encore près d'un an avant de consentir enfin à m'épouser, mais Louis vous dirait que c'était mérité ! On ne manqua pas d'aide pour reconstruire la bastide et le château de Grégoire dont je suis l'héritier. Aujourd'hui, cependant, je ne saurais me réjouir de l'arrivée de votre premier petit-fils sans vous en avertir. Je prie qu'à l'avenir, il n'y ait plus de guerre pour ceux qui sont à naître, et vous embrasse très fort, en espérant votre prochaine visite.

Votre fils qui vous aime...
17 octobre 1932.